Republished (2nd Edition) November 2019
First published by Les Puces Ltd in 2015
ISBN 978-0-9931569-2-2

www.lespuces.co.uk

Egalement disponible chez Les Puces

Consultez notre boutique en ligne sur www.lespuces.co.uk

Petit Paul
veut devenir
un pirate

INT
GRA

Petit Paul veut devenir un pirate, mais que lui manque-t-il ? Il lui faut...

Il lui faut un vieux pantalon large et un T-shirt avec des rayures bleues et blanches !

INT
GRA

Et c'est tout ? Non !
Qu'est-ce qu'il lui faut
encore ?

Il lui faut une
grosse ceinture !

Et c'est tout ? Non !
Qu'est-ce qu'il lui faut encore ?

Il lui faut un chapeau
de pirate, bien sûr !

Et c'est tout ? Non !
Qu'est-ce qu'il lui faut
encore ?

Il lui faut un cache-œil !

Et c'est tout ? Non !
Paul est-il un pirate
maintenant ? Qu'est-ce
qu'il lui faut encore ?

Il lui faut un perroquet !

Et c'est tout ? Non !
Paul est-il un pirate
maintenant ? Qu'est-ce
qu'il lui faut encore ?

Il lui faut une épée !

Et c'est tout ? Non !
Paul est-il un pirate
maintenant ? Qu'est-ce
qu'il lui faut encore ?

Il lui faut un bateau,
bien sûr !

Et c'est tout ? Oui !
Bravo ! Maintenant Petit
Paul est un vrai pirate...
et toi ? Veux-tu aussi
devenir un pirate ?

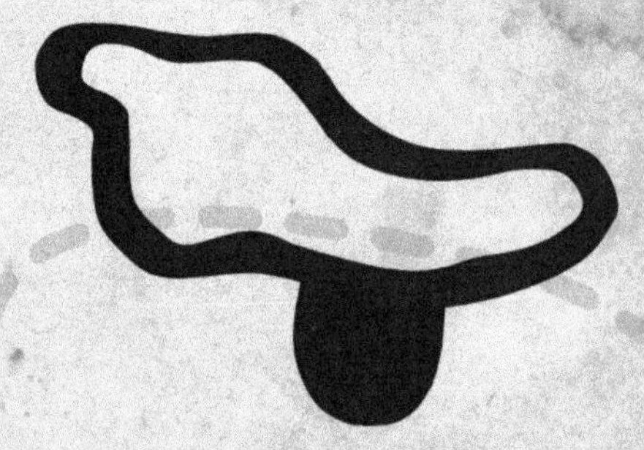

le chapeau
the hat

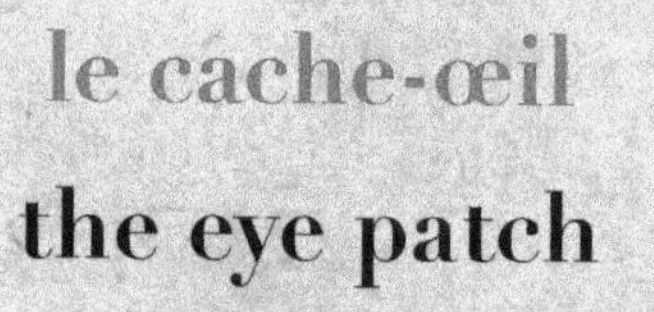

le cache-œil
the eye patch

le perroquet
the parrot

Petit Paul
Little Paul

le T-shirt
the T-shirt

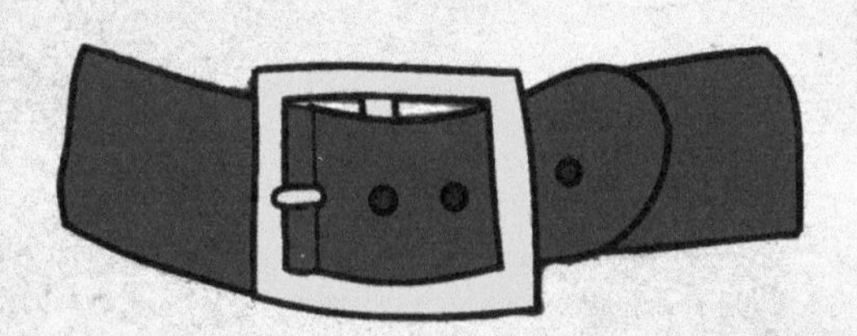

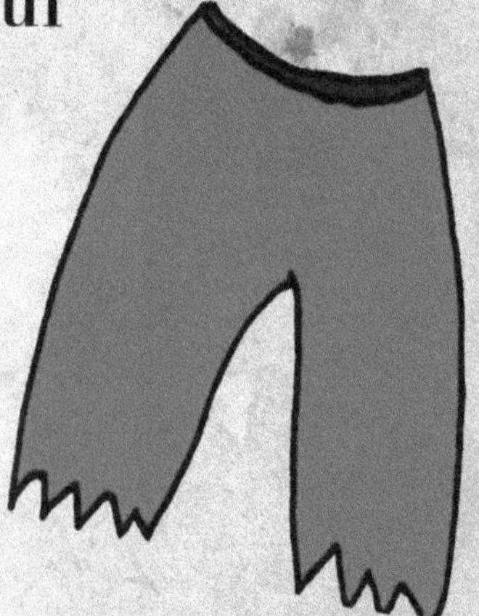

la ceinture
the belt

le pantalon
the trousers

l'épée (f)

the sword

la carte

the map

Paul le Pirate

Paul the Pirate

le palmier

the palm tree

le drapeau

the flag

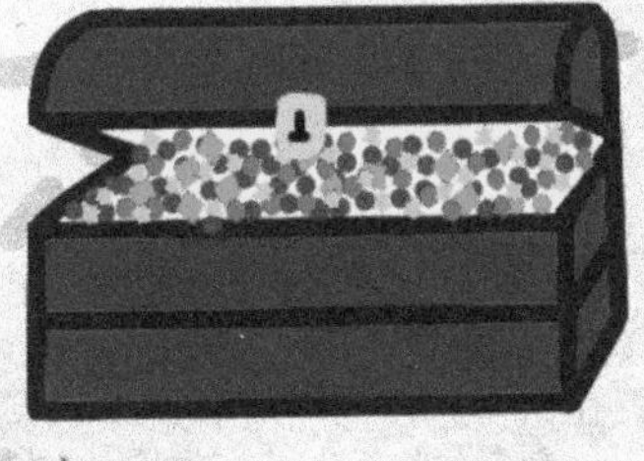

la pelle

the spade

le bateau

the boat

le trésor

the treasure

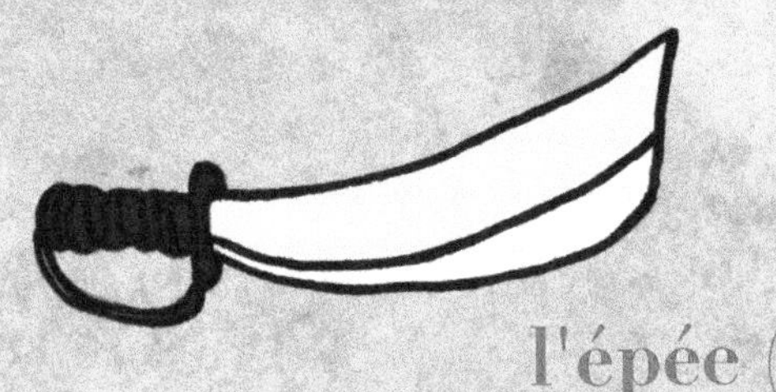

l'épée (f)

the sword

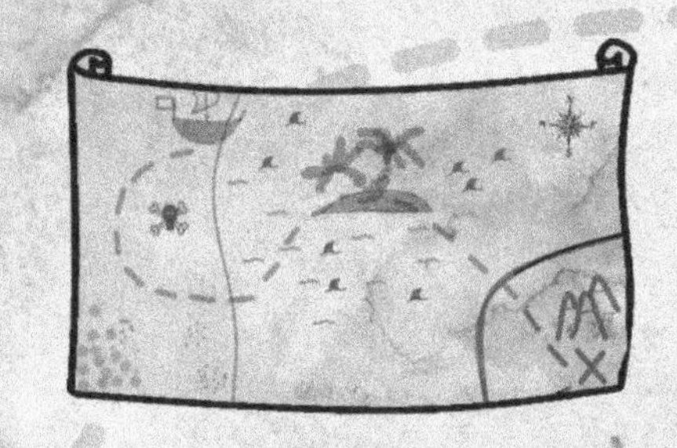

la carte

the map

le palmier

the palm tree

Paul le Pirate

Paul the Pirate

le drapeau

the flag

le bateau

the boat

le trésor

the treasure

la pelle

the spade

Is that all? Yes! Well done! Now Little Paul is a real pirate... and you? Do you want to be a pirate too?

Little Paul
wants to be
a Pirate

INT
GRA

Little Paul wants to be a pirate, but what is he missing? He needs...

INT
GRA

He needs an old pair
of trousers, and a
T-shirt with blue
and white stripes!

Is that all? No! What else does he need?

He needs a big belt!

Is that all? No! What else does he need?

He needs a pirate hat,
of course!

Is that all? No! What else does he need?

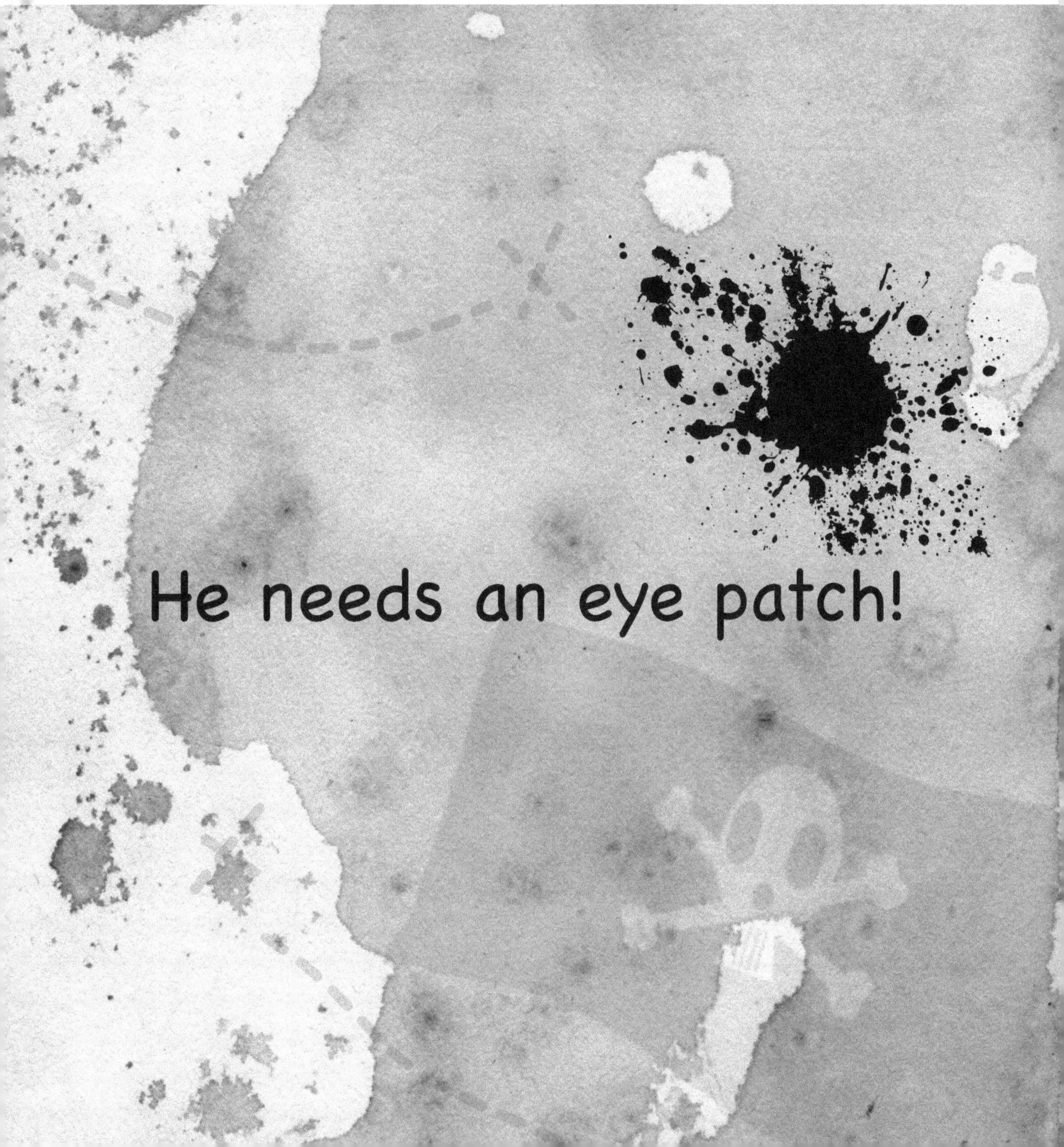

He needs an eye patch!

Is that all? No! Is Paul a pirate now? What else does he need?

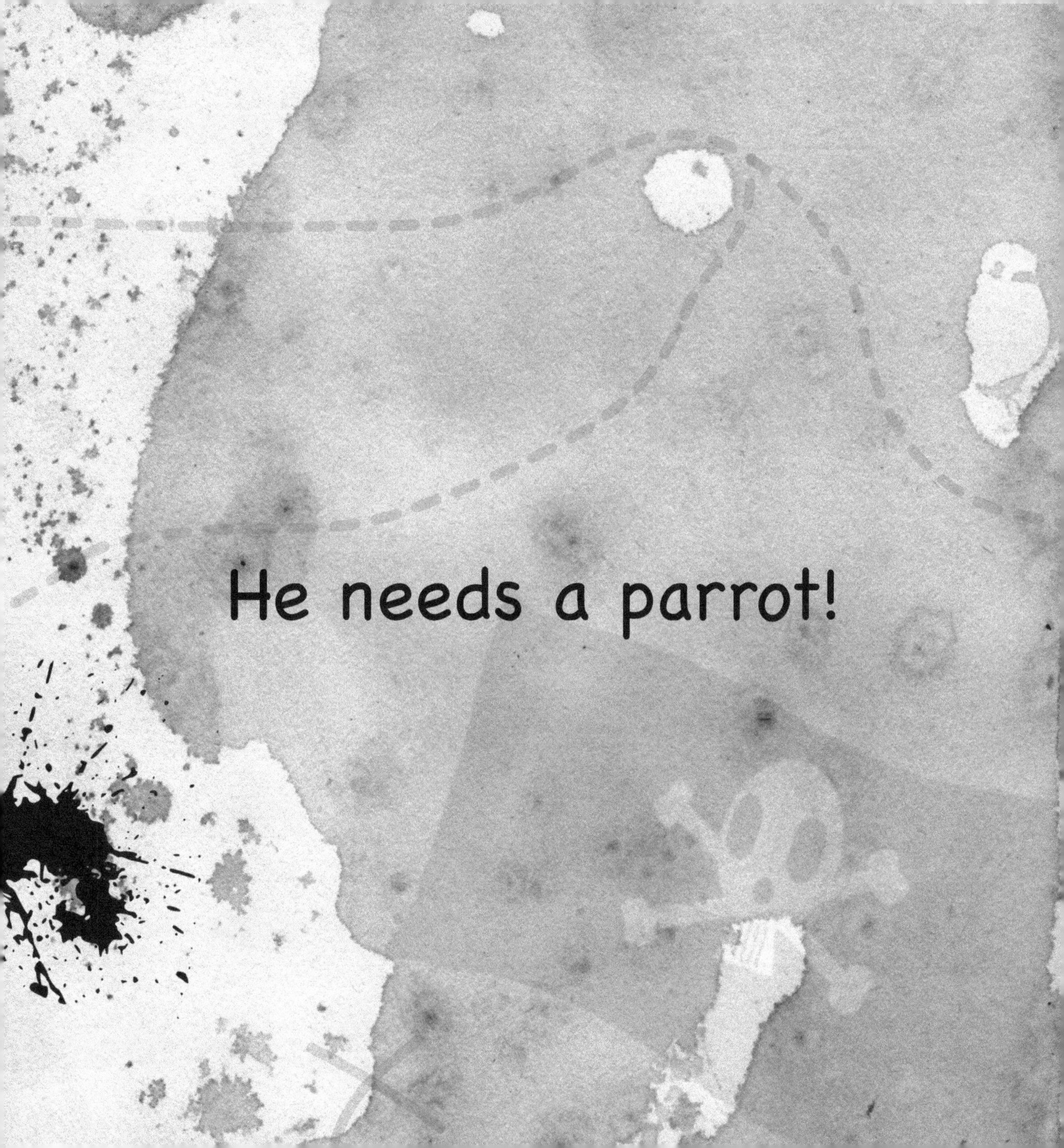

He needs a parrot!

Is that all? No! Is Paul a pirate now? What else does he need?

He needs a sword!

Is that all? No! Is Paul a pirate now? What else does he need?

He needs a boat, of course!

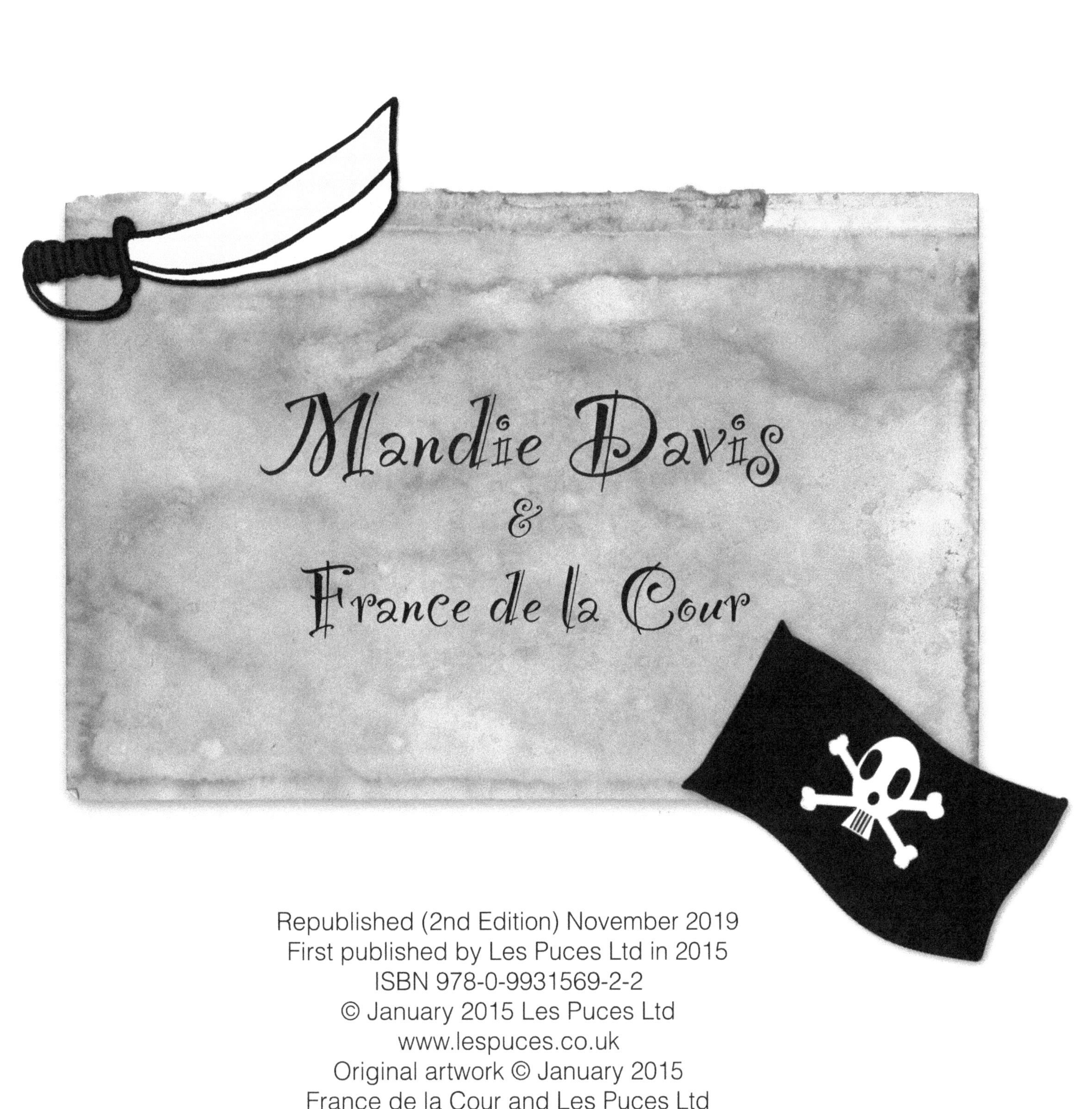

Republished (2nd Edition) November 2019
First published by Les Puces Ltd in 2015
ISBN 978-0-9931569-2-2

www.lespuces.co.uk

Also available from Les Puces

Visit the shop on our website at www.lespuces.co.uk

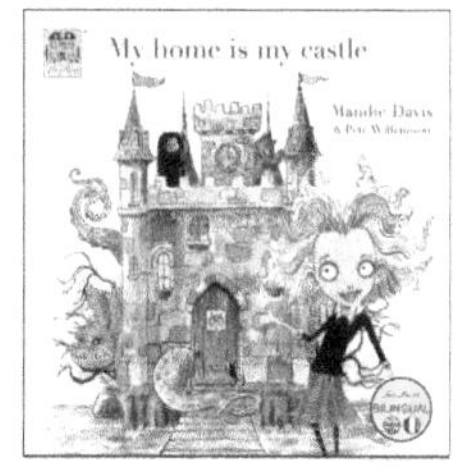

Lightning Source UK Ltd.
Milton Keynes UK
UKHW050648061219
354835UK00005B/54/P